MÉLANGES

ET ROMANCES

PAR

A.-G. JARS

Ancien officier du génie, ancien maire de la ville de Lyon
Ancien député du département du Rhône

PARIS

TYPOGRAPHIE DE CH. LAHURE

Imprimeur du Sénat et de la Cour de Cassation

rue de Vaugirard, 9

—

.1856

POÉSIES

EXTRAIT

D'UN PETIT PORTEFEUILLE

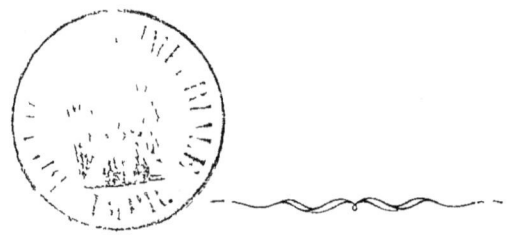

PARIS

DE L'IMPRIMERIE DE CH. LAHURE

Imprimeur du Senat et de la Cour de Cassation

rue de Vaugirard, 9

1856

Ye

24496

NOTE DE L'AUTEUR.

J'ai fait imprimer ces vers, et je puis en faire imprimer d'autres, sans avoir la prétention de les livrer
à la publicité ; ce sont des souvenirs et des pensées in-
times que je garde pour mes amis.

Après une vie active et tourmentée, j'ai trouvé le
repos dans la littérature, et je m'y suis attaché avec
bonheur ; elle remplit ma solitude, me réjouit et me
console, suivant que j'en ai besoin, et devient, ainsi,
une providence pour mon esprit et pour mon cœur !

JARS, *ancien Député*

Paris, 9 janvier 1856.

MÉLANGES

ET ROMANCES

MÉLANGES

ET ROMANCES

PAR

A.-G. JARS

Ancien officier du génie, ancien maire de la ville de Lyon
Ancien député du département du Rhône

———•◦◦◦•———

PARIS

TYPOGRAPHIE DE CH. LAHURE
Imprimeur du Sénat et de la Cour de Cassation
rue de Vaugirard, 9
—
1856

I

L'OUBLI.

Traduction en vers d'une lettre en prose de Mme B. , D'Ec......

Un soir, lorsque la nuit préparera ses voiles,
Et que les feux du jour nous sembleront éteints,
A cette heure où les cieux, vaporeux et sereins,
Dispensent, par degrés, la lueur des étoiles,
Anténor, des plaisirs ce jeune favori,

      Celui qui chérissait Betzi,

     Élèvera, dans la forêt sacrée,

Un bûcher de lauriers, de myrte et de cyprès;
De celle qu'il oublie, et qui l'aime à jamais,

Les lettres, les cheveux et l'image adorée,
    Dans un tissu de couleur azurée,
    Seront par lui réunis tout exprès.
       Sa main, à ses désirs propice,
       Sur cet autel du sacrifice,
       Sans trouble les déposera,
       Tandis qu'une main étrangère,
Brandissant avec joie un flambeau funéraire,
    A ses yeux les consumera.

Près de là, des amours, dont on détruit l'ouvrage.
       On verra le brillant essaim
       Voilé d'un crêpe gris de lin,
       Pleurer en secret cet outrage!
Tu paraîtras alors, consolante amitié,
    On te connaît à ta douce pitié,
    A ta démarche, à ta robe argentée!...
Betzi ne sera pas de ton sein rejetée,
Et, cette fois encor, tu sauras recueillir
Des revers de l'amour un touchant souvenir!...
Le feu détruira tout, mais les cendres pressées,
Dans une urne, avec soin, par toi seront placées;
Ton char fendra les airs, et bien loin de ces lieux.
Consacrés désormais à la honte, au parjure,

Tu fuiras, emportant dans ta retraite obscure
Les restes profanés d'un amour malheureux!

Près de l'île de Chypre, en un bois solitaire,
On voit, de l'amitié, le temple abandonné,
  Son ordonnance, imposante et sévère,
Prouve que son auteur, par un soin salutaire,
A résister au temps l'a toujours destiné....
        C'est là, qu'aux pieds de la déesse,
Sous le nom de Betzi, l'urne se placera,
Une flamme légère en sortira sans cesse,
        Et la cendre subsistera!...

Cependant, sous les traits d'une beauté charmante,
L'inconstance viendra s'offrir à mon ami,
Et lui présentera, dans sa coupe attrayante,
  De l'eau puisée au fleuve de l'oubli.

II

(1ᵉʳ janvier 1801)

Le siècle qui finit et celui qui commence
N'apportent à mes feux aucune différence ;
Je l'adorais hier, je l'adore aujourd'hui ;
Ce n'est pas mon amour, c'est le temps qui s'enfuit.

III

VOILA POURQUOI JE T'AIME.

Non, je ne sache pas de plus belle parure
Que celle de la terre, aux beaux jours du printemps,
Quand elle a son ciel bleu, ses fleurs et sa verdure
    Pour bijoux et pour vêtements!

    Voilà pourquoi je t'admire et je t'aime
      Belle de ta propre beauté

Toi qui ne cherches qu'en toi-même
La parure et la grâce où je suis arrêté.
Va, ne crois pas à l'art, il gâte la nature,
Et l'écrin de Vénus ne vaut pas sa ceinture!

IV

UN SONGE.

L'autre jour, mon aimable amie,
J'allai dans la sombre forêt;
Des lieux où tu n'es pas, c'est le seul que j'envie;
Il a pour moi plus d'un attrait,
On n'y craint point un indiscret,
L'âme s'y trouve recueillie
Sous le charme d'un seul objet,
Et les échos à qui l'on s'y confie,
Sans le trahir, répètent un secret!

Il te souvient que, dans ce lieu sauvage,
Pour la première fois j'éveillai tes désirs;
Peut-être est-ce à mes yeux son plus grand avantage;
On aime à s'entourer des plus doux souvenirs!
  L'autre jour, dis-je, en ce bois solitaire,
    J'allai tout occupé de toi;
  De ma douleur pouvais-je me distraire
    Quand le sort t'éloignait de moi?
  Il me sembla qu'une main invisible
    Plaçait un bandeau sur mes yeux,
Et dans le même instant, par un charme invincible,
  Tout disparut, tout changea dans ces lieux!

Tu connais ce torrent, ce fléau de la plaine,
Toujours blanchi d'écume et toujours furieux,
Qui se brise en cascade, et dans sa chute entraîne
Tout ce qui fait obstacle à son cours désastreux!
Eh bien! il n'était plus, et de sa grotte obscure,
Un limpide ruisseau lentement s'écoulait,
  Et le zéphir qui l'agitait,
  En se jouant sur sa surface pure,
D'une ride légère à peine le troublait!...
  Ce n'était plus cette rive sauvage,
Ces arbres dépouillés, ces agrestes horreurs;

Le saule avait repris son amoureux feuillage,
    Et le ruisseau fuyait parmi des fleurs!...
    Plus de cyprès, de roches menaçantes,
    Mais des lauriers, des myrtes en berceaux,
      Au lieu d'aigles, des tourtereaux,
      L'essaim des plus jolis oiseaux
    Et Philomèle à la voix caressante!

      Juge enfin de l'enchantement!
    Je te voyais auprès de moi placée....
    Je te tenais contre mon sein pressée!...
    Je recueillais ton plus tendre serment!...
    De cet instant rien n'égalait l'ivresse,
    Lorsque soudain, par un sort malheureux,
Je ne sais quel buisson contre moi se redresse,
Me pique, et le bandeau s'échappe de mes yeux!

Tout reprit aussitôt l'ordre de la nature,
    Je reconnus notre sombre forêt,
J'entendis le torrent qui, près de moi, grondait,
Et d'un songe si doux la flatteuse imposture
      Me rendit plus triste et plus dure
    La solitude où mon cœur t'attendait!

Oh! reviens, toi que j'adore,
Viens m'arracher aux erreurs du sommeil,
Et, s'il faut qu'il m'abuse encore,
Que je te trouve à mon réveil!

V

LE LENDEMAIN D'UN BAL MASQUÉ.

Il m'a suffi d'ouïr ton doux langage,
Et me voilà dans tes fers arrêté....
Ton esprit m'est connu, je crois à ta beauté,
Las! pour aimer que faut-il davantage?...
Ecoute bien, voici comment cela s'est fait.

Je me suis dit : Cet être que j'ignore,
Ce petit masque que j'adore,
N'inspire pas tant d'intérêt
Sans en mériter plus encore.

On voit qu'il cache son maintien,
Sa taille fort mal se dessine,
Mais, entre nous, on la devine,
Et sans doute sa taille est bien.
Son sourire, je le parie,
Est facile, agréable, et des plus séduisants;
Les accents de sa voix seraient moins attrayants,
Si sa bouche était moins jolie.
J'ai vu quelque peu de ses yeux,
Ils m'ont séduit, ils ont frappé mon âme :
Je n'ai point remarqué dans eux
Ces traits brillants, ces traits de flamme
Qui semblent remplir tous les vœux;
Il n'en jaillit point d'étincelles,
Mais un feu doux et pénétrant,
Qui ne brûle qu'aux cœurs fidèles,
Et qu'entretient le sentiment.

Telle est l'image, enfin, séduisante et chérie,
Que de toi j'ai su me former,
Les plus beaux yeux, une bouche jolie,
L'esprit charmant, un cœur fait pour aimer,
Je t'ai donné tous les biens que j'envie,
Tous les trésors qui me peuvent charmer.

Juge à présent de ma faiblesse,
Juge de ce cœur prévenu,
Qui, pour un objet inconnu,
Se prend d'une soudaine ivresse.
C'est une folie, une erreur,
Je le sais, je veux m'en distraire,
Mais si l'Amour voulait qu'elle fît mon bonheur,
Cette erreur me serait bien chère.

VI

JE T'AIME.

Tous les amants disent je t'aime,
Tous les amours ont le même serment!
En cela ma peine est extrême;
L'ami sincère et le perfide amant,
Avec un cœur si différent,
Devraient-ils donc parler de même?
Moi, je voudrais, pour chaque sentiment,
Un mot qu'on ne pût jamais taire;
Je voudrais aussi qu'en aimant,
Tout dévoilât le caractère.

2

Oh! qu'alors le cœur jouirait
Des entretiens d'une maîtresse!
Chaque mot qu'un amant dirait
Serait garant de sa tendresse!
Ainsi, Zélie, à tes genoux,
Brûlant pour toi d'amour extrême,
Puisqu'il n'est pas de mot plus doux,
Tu me croirais quand je dis que je t'aime.

VII

A MADAME ***.

Des roses à votre fenêtre!...
Croyez-vous qu'on s'y méprendra?
Vraiment, c'est trop faire connaître
    Que vous demeurez là!...
Et vous oubliez trop, peut-être,
Que le grand jour les flétrira!...

VIII

UNE SOIRÉE DANS MA CHAMBRE.

Du plaisir d'être seul je veux goûter les charmes ;
    Pour vivre ici-bas sans alarmes ,
    Il faut savoir vivre avec soi ;
  On me l'a dit, et j'en ferai ma loi.

    Dès ce jour je renonce au monde,
    A son attrait toujours trompeur ;
    Dans ma solitude profonde,
    Je veux garder la paix du cœur.
    L'Amitié, l'Amour et la Gloire

M'ont abusé dans mon printemps;
Pour être heureux sur mes vieux ans,
Je jure de ne plus y croire :
Puissé-je tenir mes serments!

Me voilà donc dans ma retraite,
Seul avec moi, sans témoins, sans amis;
Près d'un foyer brûlant, armé d'une pincette,
Je tisonne et je réfléchis.
C'est bien. Je n'irai plus voir la belle Émilie :
Il faut se consumer avant de l'émouvoir;
Pour obtenir un seul rayon d'espoir,
Près d'elle il faut user les trois quarts de sa vie.
Aglaé veut trop de ferveur
Dans le culte dont on l'honore;
Pour la convaincre qu'on l'adore,
De l'une jusqu'à l'autre aurore
Il faudrait prouver son ardeur.
Agathe veut de la constance;
Julie aime pour s'amuser;
Lise ne vit que d'espérance,
Et Chloé meurt pour trop user.
Ma foi, de ces beautés qu'on dit si séduisantes,
Trop longtemps j'ai grossi la cour:

Je les renie, et je veux, dès ce jour,
    - Terminer mes courses galantes.

Je n'irai pas non plus me chercher des amis ;
Non.... S'ils viennent me voir.... Encor! quelle folie!
Constant dans le bonheur, chacun d'eux vous oublie
Alors qu'il vous survient des revers, des ennuis.
Voudraient-ils partager ma triste solitude?
Se feraient-ils jamais une douce habitude
    De varier mes innocents loisirs?
Fort bien : si l'on trouvait chez moi quelques plaisirs,
Si j'avais une table abondamment servie,
Des soupers, des concerts, le jeu, la comédie....
Ah! comme ils y viendraient alors! Amis ingrats,
    Fuyez, restez aux lieux où l'on vous fête :
Caressez l'opulent qui se jette en vos bras,
        Flattez-le bien quand il vous traite ;
        Et si jamais sa ruine s'apprête,
Si, pour vous implorer, il s'offre sur vos pas,
    Très-prudemment sachez tourner la tête.
Non, le titre d'ami n'est plus qu'un mot trompeur ,
        On y croit au printemps de l'âge ;
        L'expérience fait le sage
        Et détruit bientôt notre erreur.

Que faire cependant? lire.... penser.... écrire....

      Écrire! et dans quel but encor

Ma muse pourrait-elle ici prendre l'essor?

Écrire pour moi seul?... je n'ai rien à me dire.

Écrire pour le monde?... ah! m'en gardent les dieux!

Les plus grands écrivains ont eu leurs envieux;

Et moi, pauvre chétif, chansonnier inutile,

Je dois craindre sans doute et me taire après eux.

Non, non, je n'irai point, pour un laurier stérile,

Exposer mon repos; je veux vivre tranquille,

      Et, s'il se peut, toujours vivre inconnu;

Sur la feuille du jour, peu jaloux d'être lu,

      Je ne veux point que mon nom répandu

Fatigue l'honnête homme et réveille l'envie;

Ma gloire est désormais de servir ma patrie.

La soirée, aujourd'hui, se traîne lentement,

      Jusqu'au souper, j'ai le loisir d'attendre.

      Si je sortais, si j'allais chez Clitandre....

Oh! non : si je voulais manquer à mon serment,

Je ferais mieux d'aller chez la petite Lise;

      Elle est gentille, elle m'amuserait;

De me voir, en ce jour, elle serait surprise....

      Oui, mais demain chacun en jaserait.

Eh! qu'importe, après tout? quand chez moi je m'ennuie,
Ne m'est-il pas permis d'aller où bon me plaît?
Chez Lise, chez Clitandre, ou bien chez Émilie?
      Pour se conduire en cette vie,
Faut-il donc consulter un public indiscret?
La liberté, voilà surtout ce que j'envie.
Oh! j'y suis décidé, ce soir je sortirai.
      Peut-être aussi, malgré l'envie,
      Et ma morale que j'oublie,
      Dans peu d'instants je transcrirai
      Ces vers, enfants de ma folie,
      Et demain je les publîrai.
   On en rira, mais ce qui me console,
C'est qu'avec bien des gens j'ai ce défaut commun;
     Les projets sont beaux en parole,
   On en fait mille et l'on n'en suit pas un.

IX

UNE MATINÉE DANS MON LIT.

J'aime à rester au lit la grasse matinée,
      Non pas que j'y dorme toujours,
Mais je m'y trouve bien, j'y rêve à mes amours,
Et fixe, en sommeillant, l'emploi de ma journée.

Rien ne me plaît autant que ce dernier sommeil,
Quand, l'aube étant venue, on est près du réveil.
Ce n'est plus la torpeur, où disparaît la vie,
Où l'âme, dans un songe, est comme ensevelie....

C'est un état nouveau, sans être l'insomnie,

Qui permet de penser, d'entendre, de sentir,

Mais qui défend encore à l'œil de s'entr'ouvrir.

Je suis heureux surtout quand mon vieux domestique

Entre chez moi. Ce drôle-là se pique

De se lever une heure avant son maître, aussi

Fait-il grand jour quand on le voit ici.

Il ouvre : un bruit confus vient frapper mon oreille ;

La porte qui se meut et le chien qui s'éveille,

Et le plancher qui craque, et le fauteuil roulant,

Et le feu qui pétille à son embrasement,

J'entends tout, et je dors, et chaque mouvement,

Au songe qui m'occupe, ainsi s'entremêlant,

D'un désordre inouï charme ma rêverie....

Je crois veiller, dormir tour à tour, et déjà,

Dans cet état d'ivresse et presque de folie,

Je redoute l'instant qui me réveillera.

C'en est fait, cependant, car on sonne à ma porte ;

C'est Léon, très-pressé de me dire bonjour,

Et je le comprends bien : quand il vient de la sorte,

C'est qu'il est éveillé par un nouvel amour!

On sonne encor, mon Dieu! que sera la journée

Si mes amis ainsi prennent ma matinée?

Je ne refuse pas d'être leur confident,

Mais je l'aimerais mieux dans un autre moment.

(Ici une série de visites, et, par conséquent, une série de portraits qui ne peuvent avoir aucun mérite aujourd'hui.)

X

UN LOISIR SENTIMENTAL.

Il faut aimer pour être heureux !
Je le disais au printemps de mon âge,
Et maintenant que je me crois plus sage,
Etre aimé me paraît un bien plus précieux.

Sans exiger ce retour nécessaire,
On aime, on a besoin d'aimer à dix-huit ans,
Tout nous séduit, tout a droit de nous plaire,
Le moindre objet sait captiver nos sens ;

La palme est au premier que le sort nous présente,
On lui donne son cœur, on s'inquiète peu
Si le sien doit un jour répondre à cet aveu,
On veut aimer, on aime, et cela seul contente.
Qu'importe la vertu, qu'importe la beauté,

   C'est une femme qu'on désire.
Une femme!... A ce mot le cœur bat et soupire,
  Elle paraît, et l'œil est enchanté!...

   L'esprit fortement agité,
   Cédant à son premier délire,
   Dans la mortelle qui l'attire
   Croit voir une divinité!

Mais de cet âge heureux qui n'a connu l'ivresse?
Qui ne regrette encor ses brillantes erreurs?
   Faut-il, hélas! que la sagesse
De toute illusion vienne priver nos cœurs!

  A dix-huit ans, on a cet avantage
Que, guidé par l'instinct et le goût du moment,
Des peines de l'amour on gémit rarement;
  Point de fureur, point de jalouse rage,
L'orgueil vous dit tout bas que vous êtes charmant!
  Vous le croyez, vous pensez qu'une femme,

Trop heureuse de vous avoir,
De ses attraits n'exerce le pouvoir
Que pour se conserver quelques droits sur votre âme.
Pauvres enfants! l'amour pour vous est un hochet;
Vous vous jouez sur ses ailes légères,
Vous badinez avec le trait
Qu'il offre à vos ardeurs premières;
Hélas! que feriez-vous, insensés, s'il prenait
Pour vous frapper ses flèches meurtrières?
Que feriez-vous, s'il embrasait vos cœurs
Pour une ingrate ou pour une infidèle?
Vous gémiriez, vous verseriez des pleurs,
Vous sentiriez bientôt, auprès de la cruelle,
Qu'aimer suffit quand on n'aime qu'un jour,
Mais qu'il faut être aimé quand doit durer l'amour!

A l'amitié, ce désir doit s'étendre,
De frivoles amis sont nuls pour le bonheur,
Tout sentiment que l'on ne peut nous rendre
Est un trésor surpris à notre cœur;
De ce trésor je permets d'être avare,
Au parjure, à l'ingrat, que l'on n'en donne rien,
Mais si l'on trouve un ami sûr et rare
Qu'on lui prodigue tout son bien!

Vous qu'en tous lieux on déifie,
Noble et sainte amitié, tendre et puissant amour,
Faites qu'en aimant bien j'obtienne du retour,
Et je vous abandonne et mon cœur et ma vie.
Que mes amis jamais ne se montrent ingrats!
Que ma maîtresse soit fidèle!
Et partout où le sort entraînera mes pas,
Je ne vivrai que pour eux et pour elle.
Pour célébrer vos bienfaits éclatants
Ma muse reprendra sa lyre,
Elle consacrera ses timides accents
A la gloire de votre empire.

Viennent après cela, dans mon cœur enflammé,
Les soucis, les travaux, les craintes et les peines,
Je me rirai de ces souffrances vaines
Tant que je pourrai dire : Au moins, je suis aimé !

XI

A S. M. LA REINE J....

(1809)

Guerrier et poëte à la fois,
J'ai vu, sans la saisir, cette noble fumée,
Objet de tant de vœux, chère aux peuples, aux rois,
    Et mes vers et mes exploits
    N'ont jamais fatigué la voix
    De l'orgueilleuse Renommée.

    Loin des grandeurs et de Paris,
    Je vivais pour mes seuls amis,

Pour mon prince que je révère,

Et surtout pour ma tendre mère!...

Je n'ai pas d'autre gloire et pas d'autre vertu!

Et cependant, bienfait inattendu,

Une Reine, illustre et chérie,

Qui, de l'éclat du trône, aime à se délasser,

A mon humble destin, au bonheur de ma vie (1),

Daigne aujourd'hui s'intéresser.

On l'avait toujours dit, sa bonté tutélaire

Estime le pouvoir par le bien qu'il peut faire;

Napolitains, Espagnols et Français,

Tous tiennent dans son cœur le rang de ses sujets,

Au bonheur de chacun sa vie entière aspire,

Les limites de son empire

Ne sauraient borner ses bienfaits!

Ma muse, à son début, incertaine et légère,

A chanté la simple bergère,

Souveraine de son troupeau;

Plus vive et plus hardie, aux champs de la victoire,

Sur les palettes de la gloire

Elle a promené son pinceau....

(1) Mon mariage.

Mais jusqu'au pied du trône, étonnée et tremblante,
Pourra-t-elle jamais élever ses accents?...
Oui, Madame, elle l'ose, et pour être éloquente,
Croit que la vérité doit suffire à ses chants!...
Que Votre Majesté l'accueille et l'encourage!
On pourra vous fêter dans un plus beau langage,
Aucun n'exprimera des sentiments plus vrais,
Plus dévoués, plus purs, égaux à vos bienfaits.

Heureux mes vers, s'ils savent être
Le bouquet digne de paraître
Et de briller à votre cour!
Heureux mes vers, s'ils savent dire
Ce que votre bonté m'inspire
De reconnaissance et d'amour!

XII

A Mlle DELPH... G...

A SON PASSAGE A LYON.

(1822)

Vous qu'Apollon couronna dans Paris,
    Jeune muse, sa bien-aimée,
    Vous allez voir bien du pays,
Si par hasard vous avez entrepris
    De suivre votre renommée!

Allez pourtant, allez à votre but;
    Sans être inconstante et légère,
    On peut, sur la rive étrangère,
    Honorer d'un juste tribut

Le tombeau de Jean–Jacque et l'urne de Voltaire.
Oui, ce pèlerinage est fait pour vos loisirs!...
    Allez surtout, étonnante Delph...
    Aux lieux charmants où l'auteur de Corinne
    Vous a légué d'immortels souvenirs.
Vous devez d'autres pleurs à cette illustre amie,
Et comme vos parents, comme elle désormais,
Honneur de votre sexe et de votre patrie,
    Allez et n'oubliez jamais
    Que l'amitié, la gloire et le génie
      Vous rappellent aux bords français!

XIII

LA MUSE EN PÈLERINAGE

A FERNEY-VOLTAIRE.

(Septembre 1822)

Enfin, elle a paru, l'aube fraîche et riante,
Promise dès longtemps à la plus noble attente,
Et ce jour va guider, dans le sacré vallon
La jeune pèlerine, amante d'Apollon;
Elle y marche en effet; son ange tutélaire,
  La compagne de tous ses jours,
  L'objet de ses pures amours,
La protége et la suit dans sa course légère;

C'est sa meilleure amie, et ce fut la première,
        La nature unit leurs deux cœurs,
        Et je la nommerais sa mère,
Si l'on ne disait pas que les muses sont sœurs.

Sur les bords du Léman, depuis peu recueillie,
Des tragiques douleurs, l'interprète chérie,
Georges Weymer aussi, vient accomplir un vœu,
Et l'on voit tout ensemble, aux pieds du demi-dieu,
L'auguste Melpomène et l'aimable Thalie (1).

Cependant du château l'antique serviteur,
Tout fier des souvenirs de ses longues années,
Redit avec orgueil, à chaque voyageur,
Du grand homme vivant les brillantes journées;
Non, rien n'est superflu, rien n'est indifférent
        Dans les détails d'une vie aussi belle,
Et la foi d'un témoin, si simple et si fidèle,
Ajoute à son récit un charme encor plus grand!

        On touche enfin au sanctuaire :...
Et là tout est respect, tout admiration !...

(1) Madame Sophie G. , auteur de plusieurs comédie·

Et l'ombre du grand homme et son toit solitaire,
Ces lieux qu'il a chéris, ce jour qui les éclaire,
Tout frappe, tout émeut l'imagination!...

Mais ces lambris, ces murs, ces meubles en poussière,
    Pas plus que ceux de la chaumière,
De la commune loi n'ont donc pu s'affranchir!...
Tout ce qui fut mortel trompe le souvenir,
Le temps se joue aussi d'une illustre mémoire,
Et rien ne survivra que ses vers et sa gloire!..,

Heureux pourtant, heureux qui saura recueillir,
Pour prix de son respect et de son juste hommage,
La relique promise au saint pèlerinage!
Eh! qui, dans ce grand jour a droit de l'obtenir,
    Si ce n'est toi, fervente pèlerine,
Toi, que le dieu des vers et prépare et destine .
    A la gloire de l'avenir?

    Sur le fauteuil où s'est assis Voltaire,
    Un profane oserait s'asseoir!
C'est à genoux que je viens de t'y voir,
Toi, dont rien ne dément l'étonnant caractère :
Devant son ombre et si grande et si chère,

Ton front s'abaisse humble et respectueux,

Tandis que ta vaste pensée,

Vers d'autres mondes élancée,

Pour y chercher ton maître est déjà dans les cieux!

Que j'aime cette idolâtrie,

Ce culte dont le cœur révèle le devoir!

Honorer ainsi le génie,

C'est être digne d'en avoir!

Ah! que ne puis-je, au gré d'une âme impatiente,

Faire revivre ici, sous un riche pinceau,

Cette scène, à la fois si noble et si touchante!...

La jeune muse suppliante

Sur le premier plan du tableau;

Et le jardinier du château,

A la porte, l'œil fixe et la bouche béante,

En extase devant sa grâce et sa ferveur!

Sophie, un peu plus loin, émue au fond du cœur,

Ne voyant plus que sa fille et son zèle,

Et prête à s'incliner pour prier avec elle;

Tandis que, tout entière à ses illusions,

Weymer, dans son maintien, imposante et hardie,

Pour *Mérope* et pour *Athalie*,

Demande au dieu des inspirations.

Cependant l'heure coule, il faut quitter le temple ;
. Pour la dernière fois que ton œil le contemple,
Delph..., un long regret va suivre cet instant ;
« Je l'ai prié, dit-elle, et mon cœur est content. »
    Elle sort avec ses amies,
   Et les jardins, les campagnes fleuries,
   A son esprit viennent encore offrir
Une riche moisson de ce grand souvenir.

   Avec délice elle foule, elle presse
     Le sable où s'imprimaient ses pas ;
     Elle respire avec ivresse
     L'air pur de ces riants climats ;
     Au milieu du sombre feuillage,
Elle aperçoit l'arbre qu'il a planté,
     Celui dont il aima l'ombrage,
   Et que le temps semble avoir respecté ;
   Pour le mieux voir, elle s'est approchée,
   A l'embrasser elle a su s'enhardir
Quand, sous sa main, l'écorce détachée
     Tombe et se donne à son désir.

    Heureux larcin, dépouille précieuse !
    Objet des plus naïfs transports,

Pour notre jeune voyageuse,

Vous surpassez tous les trésors ;

Avec vous maintenant, sans regrets et sans peine.

Du temps inexorable elle suivra le cours,

Avec vous elle emporte aux rives de la Seine

La douce illusion du plus beau de ses jours !

Mais quel bruit, tout à coup, est venu la distraire ?

Quelqu'un s'avance à pas précipités ;

Est-ce un méchant, un gardien sévère

Qui voudrait lui ravir cette écorce légère,

Le seul bien qu'elle envie à ces lieux enchantés ?

Non, non, c'est un vieillard, il n'a point de colère,

Je reconnais ses traits et sa grave douceur,

C'est le bon jardinier qui ne veut que lui plaire,

Et de qui, par sa grâce, elle a gagné le cœur.

Immobile, au château, lorsqu'elle en est sortie,

Pour reprendre ses sens, il ne l'a pas suivie ;

Mais bientôt revenu de son saisissement,

Il a cherché sa trace avec empressement ;

Il accourt, il arrive, il s'arrête, s'incline,

Se recueille un moment, puis, d'un air radieux

Il présente à la pèlerine

Un tribut qui l'honore au delà de ses vœux ;

Trois clous, nobles débris du fauteuil de Voltaire,
    Composent ce don précieux;
    « A vous, dit-il, à vous, jeune étrangère,
      « Vous qui savez si bien prier,
  « Que n'ai-je en mon pouvoir le fauteuil tout entier!...
     « Mais pour un cœur tel que je le suppose,
  « Pour le vôtre, en un mot, que j'ose apprécier,
  « Ces débris, je le crois, sont encor quelque chose;
  « Qu'ils ne vous quittent pas, qu'ils comblent mon souhait!
  « Peut-être, dans le cours de votre belle vie,
  « Seront-ils, pour vos vers, un talisman secret!
  « Je les ai vus pressés par la main du génie,
  « Je les vois dans la vôtre, et je suis satisfait. »

    Il dit; on l'entoure, on l'admire,
Tous les cœurs sont frappés d'un doux enchantement,
    Et Delph... à peine respire
    Dans l'excès du ravissement!

Mais la voix du vieillard a paru prophétique!
    Et comme il faut que tout s'explique,
    On soupçonne qu'en ce moment,
  Du haut des cieux où plus rien ne l'abuse,
Le grand homme touché d'une si vive ardeur,

Pour honorer la jeune muse
Inspira son vieux serviteur;
On dit même qu'au gré de sa noble prière,
Lui réservant de plus rares bienfaits,
Il se propose désormais
De la traiter comme son héritière;
Et, pour l'honneur de ce préjugé-là,
Aux succès la voyant si prompte,
Bien des gens pensent que déjà
Sur l'héritage elle a pris un à-compte;
Et pour ma part je le pense comme eux.

A s'éloigner enfin la voilà qui s'apprête.
Fière de sa double conquête,
Au jardinier, à ces superbes lieux,
En soupirant elle a fait ses adieux.
La France la revoit bientôt sur son rivage,
Mille chants à l'envi célèbrent son passage,
Et les échos du Rhône ont redit avec moi
La gloire, le zèle et la foi
De la muse en pèlerinage.

XIV

ENVOI

A Mᵐᵉ DESBORDES-VALMORE.

J'ai besoin de vous rendre hommage,
A vous, dont le goût pur protége cet ouvrage (1),
A vous qui, dans un autre temps,
Pour le succès d'un léger badinage (2),
M'avez prêté le secours de vos chants;
A vous enfin, dont j'aime les talents,
L'esprit, la grâce et le naïf langage!

(1) La Muse en pèlerinage.
(2) Le Pot de Fleurs, opera.

Pour tout cela mes vers seront-ils suffisants?
  Vous le direz, l'indulgence encourage,
Et la bonté des dieux ne fait aucun partage
Entre l'encens du pauvre et les riches présents.

Pour excuse, après tout, je vous offre ma vie;
Des peines, des ennuis et des soins différents,
Du Pinde, malgré moi, m'ont éloigné longtemps;
  Mon âme, distraite et flétrie,
Des muses qu'elle aimait négligea les faveurs;
  Elle en est aujourd'hui punie,
Et, chastes qu'elles sont, je vois que les Neuf Sœurs
  Ne souffrent pas en vain qu'on les oublie.

   Vous qui plaignez tous les tourments,
   Dans les plus tendres élégies,
   Et dont les douces rêveries
   Nous bercent de contes charmants,
   Pardonnez-moi, je vous en prie,
   Pardonnez un froid compliment
A l'amant délaissé d'Euterpe et de Thalie;
Et s'il arrive un jour qu'il se réconcilie
Avec ces doctes sœurs dont vous êtes l'amie,
Il tentera pour vous un dédommagement.

Mais n'y comptez pas trop , car il en désespère ;
Hé ! ne pourriez-vous pas vous-même, en cette affaire ,
D'un mot, dit à l'oreille, un tant soit peu l'aider?
Les muses avec vous n'ont jamais de colère ,

   Vous pouvez tout leur demander ;

Ce n'est plus un mystère , au point où vous en êtes,

    On sait qu'elles sont prêtes

    A tout vous accorder.

XV

A Mlle DELPH... G..

(A Lyon, octobre 1822.)

Si j'ai dormi, que le diable m'emporte !
Vos vers harmonieux et vos tendres accents
D'une ivresse si grande ont agité mes sens
    Que le sommeil et sa triste cohorte,
    Le noir silence et les songes errants
N'ont pu, pour cette nuit, se faire ouvrir ma porte !
      Et d'abord, quand ils sont venus,
J'étais chez vous, comment les aurais-je reçus !

Est-il un cœur qui puisse se défendre
De ce charme attrayant qu'on éprouve à vous voir?
Et par quels chants plus doux aurait-on le pouvoir
D'effacer le plaisir qu'on goûte à vous entendre?

Toute la nuit pressé par votre souvenir,
    J'ai répété, dans un heureux loisir,
Quelques-uns de ces vers qui fondent votre gloire;
Rappelés par le cœur, plus que par la mémoire,
       Ils m'ont bercé sans m'endormir.
Eh! qu'importe, après tout, que je ne dorme guère?
Le sommeil, au bonheur, est-il donc nécessaire?
      Faut-il, hélas! pour en jouir,
      Comme tant de gens sur la terre,
      Ne rien aimer, ne rien sentir,
      N'avoir ni tourment, ni plaisir?...
      Ah! dormir ainsi, c'est mourir!

Ce n'est pas moi qui mourrai de la sorte :
Heureusement et grâces à vos vers,
A vos talents, à vos charmes divers,
Si j'ai dormi, que le diable m'emporte!

XVI

A Mme DESBORDES-VALMORE

SUR LA PREMIÈRE FEUILLE D'UN ALBUM.

(1823.)

Ignorés du présent, vides de souvenir,
Froidement colorés par l'azur et la rose,
Ces feuillets incertains, qu'en vos mains je dépose,
N'attendent que de vous leur part dans l'avenir!
            En vain l'amitié leur confie
Ses vœux pour votre gloire et pour votre bonheur,
L'amitié douce et simple, aux traits de sa candeur
Attache rarement la marque du génie;
C'est à vous qui brûlez de ce feu créateur,

C'est à vous de répandre et d'imprimer la vie
Sur ces gages muets que j'offre à votre cœur.

Allez donc, cher album ; un beau jour vous éclaire,
Le destin vous sourit, et de sa main légère,
La fille d'Apollon s'apprête à vous orner ;
De ses tendres écrits soyez dépositaire,
Profitez des loisirs qu'elle va vous donner,
Et les lauriers du Pinde et la fleur de Cythère,
En tombant de son front viendront vous couronner.

Gardez-vous, toutefois, d'une plume étrangère,
Vos pareils sur ce point sont trop peu délicats,
Et la variété, dont ils font tant de cas,
Dissipe en vains rayons leur gloire passagère ;
      ; La muse à qui vous devez plaire
Repousse l'inconstance et flétrit les ingrats.

Eh ! que vous servirait d'encourir un tel blâme ?
Vous pourrez rencontrer ailleurs d'aimables traits,
Des vers harmonieux, quelques accents de l'âme,
Mais sa grâce naïve, et sa brûlante flamme,
Vous chercherez partout sans les trouver jamais.

XVII

A Mlle ANGÉLIQUE ***.

Dans ce monde, où je suis reclus,
Vieux pécheur que le diable envie,
Croirait-on que j'ai la folie
De prétendre au sort des élus ;
Et que fatigué de la terre,
De ses biens et de ses plaisirs,
Au-dessus des vœux du vulgaire,
J'élève déjà mes désirs ?

Pour enflammer ma pauvre tête,
Pour exalter tous mes esprits,
Si j'avais foi dans le prophète,
Il suffirait de ses *houris !*

Si j'admettais nos fabuleux écrits,
 Aux dieux de la mythologie
 Je pourrais demander *Iris*,
  Hébé, *Vénus* ou *Polymnie!*...
Mais bon chrétien, autant que je le suis,
Je dois chercher dans notre Paradis
 Un objet plus digne d'envie!
 Et comme dans un certain temps,
 Les *anges*, ces êtres charmants,
 Pour les mortels si bienveillants,
 Communiquaient avec la terre,
 C'est des *anges* que je l'attends
 Par une grâce singulière!

 Ainsi, mes soupirs, mes discours,
Mon fol espoir et mes folles amours,
 Tout se conçoit et tout s'explique.
 Vainement ma raison s'applique
A m'inspirer de plus simples désirs:
Ambitieux de suprêmes plaisirs,
Je n'aime rien, si ce n'est *Angélique!*

XVIII

LES FLEURS DU PRINTEMPS.

Les fleurs du printemps sont brillantes,
Pleines de vie et ravissantes
Par leur grâce et par leur couleur!...
L'été vient, adieu leur fraîcheur!
Le zéphir, en passant près d'elles,
Semble craindre de les toucher,
Le papillon, vers d'autres belles,
D'autres amours s'en va chercher!

J'en suis là, j'ai perdu les grâces
Et l'éclat de mes jeunes ans,
Je n'ose plus suivre les traces
Du dieu qu'implorent les amants ;
Et cependant, ainsi que l'immortelle,
Qui résiste aux efforts du temps,
Mon cœur me reste, il est fidèle,
Et vous aime comme au printemps.

XIX

LE RÉVEIL.

Traduction libre de l'anglais.

Ma douce dame qui dormez,
Si jolie et si paresseuse,
Comment vos yeux sont-ils encor fermés,
Quand l'alouette matineuse,
De sa voix coquette et rieuse,
Chante et s'élance à la porte des cieux ?
Jamais le jour ne fut plus radieux !
De tous ses feux l'aurore est embrasée ;
Phébus a dissipé les dernières vapeurs
Où la terre s'est reposée,

Et ses coursiers aspirent la rosée
    Que la nuit versa dans les fleurs.

    Les boutons des fleurs s'arrondissent,
    Leurs pétales s'épanouissent,
.   Riches des plus belles couleurs !
    Tout ce qui plaît dans la nature,
    Les oiseaux, les fleurs, la verdure,
    Tout se réveille autour de vous :
    Ma douce dame, levez-vous,
    Le réveil vous sera bien doux !
        Levez-vous, levez-vous !

XX

A LA COMMUNE DE *SAINBEL* (1).

(Decembre 1855.)

Sainbel, je te rends grâce, et je bénis ton zèle ,
Il rappelle à nos cœurs celui de tes aïeux (2) ;
Tes enfants ont toujours un instinct généreux ,
Le souvenir du bien et l'amitié fidèle!...

    Ma douleur fut grande et cruelle
    Quand je me suis éloigné d'eux ,

(1) A l'occasion d'une proposition dirigée contre le tombeau de Madame Jars, et repoussée par les principaux habitants.

(2) La révolution et le siége de Lyon (1793).

Elle s'accroît, elle se renouvelle

Quand je vois des ambitieux,

Même après des bienfaits dont ils sont oublieux,

Me disputer la tombe et les entours modestes .

Où, d'un cœur qui t'aima, j'ai déposé les restes.

N'eut-elle pas raison de compter sur ta foi

Celle qui fut ma compagne chérie?

Lorsqu'elle a dû se séparer de moi

Elle a voulu que je te la confie!...

Garde-la donc, **Sainbel,** malgré l'envie,

Malgré les ingrats, je t'en prie,

Et que Dieu la garde avec toi!

XXI

LE TOMBEAU.

(Janvier 1856.)

Le respect des tombeaux porte toujours bonheur,
Et *Sainbel* reprendra sa vie accoutumée,
    Sa voix, un moment comprimée,
    Se relève au cri de l'honneur,
Et son vieux dévoûment, sa vieille renommée,
Tout lui revient devant une grande douleur !

L'âme qu'on a blessée, a paru sur sa tombe,
Elle a, d'un doux regard, salué ses amis,

5

Et jeté, dans les airs, le pardon qu'elle incombe

A tous ses ennemis!

Malgré quelques efforts d'une sourde colère,

On a vu s'affermir la pierre tumulaire

L'horizon a brillé d'une vive lumière,

Et *Sainbel*, toujours cher, *Sainbel*, dès aujourd'hui,

Peut retrouver un ange entre le ciel et lui!

ROMANCES

LA COQUETTE.

J'ai vu Clara, de la foule entourée,
Dans une fête où brillaient ses appas :
On lui disait qu'elle était adorée,
Elle écoutait et ne rougissait pas.
Un sage vint dans ce lieu délectable,
A la coquette, il osa s'informer :
« Vous qui savez que vous êtes aimable,
« Dites-moi donc si vous savez aimer? »

A ce langage, un moment elle hésite,
Sa bouche affecte un sourire moqueur,

Mais sur son front, une rougeur subite
Trahit bientôt le trouble de son cœur.
Elle veut fuir, le sage impitoyable
De son refrain se plaît à l'opprimer;
« Vous qui savez que vous êtes aimable,
« Dites-moi donc si vous savez aimer!

On sut alors que ce Mentor austère
En d'autres temps avait dû s'y heurter,
Et qu'un retour de son ardeur première
Contre Clara venait de l'emporter!
Mais la leçon sera peu profitable
Et la coquette, habile à tout charmer
Tant qu'elle aura le pouvoir d'être aimable
Dira, tout bas, qu'ai-je besoin d'aimer!

LES RIENS.

Il faut, hélas! bien peu de chose
Pour charmer un sensible cœur;
Un mot, un geste, un mot flatteur,
Il n'exige que ce qu'il ose.
Ce sont ces riens, ces riens charmants
   Qui sont tout pour les amants.

Est-on seul, on aime à se dire,
Souvenirs d'amour sont si doux!
Là je le vis à mes genoux,
Ici, je l'ai vu me sourire!
Ce sont ces riens, ces riens charmants
   Qui sont tout pour les amants.

Ce billet fut écrit par elle,
Cette lettre me vient de lui !
Je dois recevoir aujourd'hui
Nouveau serment d'amour fidèle
Ce sont ces riens, ces riens charmants
   Qui sont tout pour les amants.

La fleur que sa main a cueillie,
Une tresse de ses cheveux,
Et la date d'un jour heureux
Dans une bague recueillie ?
Ce sont ces riens, ces riens charmants
   Qui sont tout pour des amants.

Petits cadeaux de ce qu'on aime
Donnés et reçus tour à tour,
Quand on veut que dure l'amour
Quand on aspire au bien suprême !
Ce sont des riens, des riens charmants
   Qui sont tout pour les amants.

MES DERNIÈRES AMOURS.

Au printemps heureux de ma vie,
Si j'avais aperçu tes yeux,
De ta bouche fraîche et jolie,
Si j'avais respiré les feux,
Mon cœur aurait subi ta chaîne,
Je t'aurais donné mes beaux jours
Et malgré le temps qui m'entraîne,
　　Tu serais toujours
　　Mes dernières amours.

J'étais né pour être fidèle
Pour n'aimer qu'une seule fois,

Mais par malice sous son aile,
L'amour te cacha, je le vois.
Pour me rendre la douce ivresse
Qui fut ravie à mes beaux jours,
Entoure-moi de ta tendresse,
    Tu seras toujours
    Mes dernières amours.

A tes pieds, j'abjure et j'oublie
Un temps écoulé loin de toi,
Et je ne commence ma vie
Que du jour où j'obtins ta foi;
Mon bonheur n'est plus un vain songe
Je vais retrouver mes beaux jours,
Et dans l'âge où fuit le mensonge
    Tu seras toujours
    Mes dernières amours.

LA MORT D'UNE ROSE.

Toujours aimé, jamais fidèle,
Riant des maux qu'il a causés,
Zéphir balance sur son aile,
Des larmes avec des baisers.
Les fleurs que son souffle caresse,
S'ouvrent en vain pour le saisir,
Il échappe à leur douce ivresse,
Et glisse comme le plaisir.

J'ai vu la rose encor troublée
D'un regard qui fit son destin;

Pour être heureuse et consolée,
Elle se fie au lendemain.
Mais le lendemain, dans la plaine,
L'infidèle a couru d'abord
Et le soir sa brûlante haleine,
Dans un baiser porte la mort.

Innocente et sans défiance,
La rose, à son doux sifflement.
Le reconnaît, frémit d'avance
Et s'ouvre à son premier serment.
Mais bientôt, une fièvre ardente
Pénètre et consume son cœur,
Sa tige plie, elle est mourante,
Elle est morte, la jeune fleur !

LA PLAINTE.

J'avais connu bonheur de plaire,
D'être aimé du plus tendre amour,
Mais, hélas! coquette bergère
Ne savait aimer plus d'un jour.
Par la plus noire perfidie,
Elle a payé ma vive ardeur,
Mieux était de m'ôter la vie
Que de m'ôter si doux bonheur.

A plaire encor, peut-on prétendre
Quand on trahit fidèle amant ?

Le cœur ne peut-il se défendre
Des traits de l'amour inconstant ?
Objet indigne de tendresse,
Puisses-tu l'apprendre, à ton tour,
Mieux serait de haïr sans cesse
Que d'aimer pour n'aimer qu'un jour !

Loin de moi, la brillante chaîne
Où tant de cœurs sont arrêtés :
Loin de moi, l'espérance vaine
De fixer volages beautés !
Que mon âme tendre et fidèle
Doive encor se laisser charmer,
Veux trouver bergère moins belle,
Si moins belle sait mieux aimer !

LE PREMIER BAL.

Laure jeune et jolie,
Qui pour Dieu seul vivait,
Un beau jour de sa vie,
Dans le monde paraît.
Avant qu'elle abandonne
Des biens dont elle a peur,
Sa mère sage et bonne,
Veut entendre son cœur.

Dans la foule attentive,
Un murmure d'amour,

Aussitôt qu'elle arrive,
Se répand à l'entour.
On se dit : qu'elle est belle!
Elle baisse les yeux,
Que son cœur soit fidèle!
Elle regarde aux cieux.

La lyre harmonieuse
Se fait entendre, alors,
Une voix amoureuse
Y mêle ses accords,
Et la vierge ravie,
Sentant battre son cœur,
D'une nouvelle vie,
Croit rêver la douceur!

Elle ne peut défendre
Sa main d'une autre main,
D'une voix douce et tendre,
Son cœur se garde en vain;
Les beaux yeux qu'elle évite
Sont remplis de candeur,
Et la valse l'agite
Bien moins que la pudeur!

Cependant à la danse,
Elle a moins de frayeur,
Elle tourne et balance
Au gré de son danseur;
Et tandis que la lyre
Du bal suspend l'essor,
Au bruit de son délire,
Elle s'élance encor.

Mais le signal se donne
Et loin de son palais,
Le plaisir abandonne
Les heureux qu'il a faits.
Avant qu'il se retire,
Émile ose un aveu,
Et la vierge soupire
En répondant, *adieu!*

Elle revient rêveuse,
Sa mère, avec bonté,
Lui dit, pour être heureuse,
Qu'as-tu donc souhaité?
Le monde a-t-il des charmes
Qui séduisent ton cœur?

Veux-tu, loin des alarmes,
Te donner au Seigneur?

Si ma mère l'ordonne,
Dit-elle, en gémissant,
Au Seigneur je me donne
Car Émile est absent.
Mais s'il vient à paraître
Vous saurez mon ennui,
Ce cœur cherchait un maître
Et je crois que c'est lui !

Émile alors s'avance,
Il a tout entendu;
Aux pieds de l'innocence,
Il se jette éperdu !
Mon Dieu ! s'écria Laure
J'ai cru n'aimer que toi !
Si c'est lui que j'adore,
Mon Dieu ! pardonne moi !

Ne crains rien, dit sa mère,
Oubliée au saint lieu,

La vierge solitaire

N'a qu'un cœur pour son Dieu!

Sauras-tu moins lui plaire,

Toi, qui lui vas offrir

Une double prière

Et deux cœurs à bénir!

LE MAL D'AMOUR.

Au bord de ce plaintif ruisseau
Dont tu chérissais le murmure,
A l'ombre de ce vieil ormeau
Qui fut témoin de ton parjure,
Bergère, laisse-moi mourir,
Mon mal ne saurait se guérir.

Ta voix, qui me trompa longtemps,
En vain me surprend et m'appelle,
Va porter ses plus doux accents
A celui qui te croit fidèle.
Bergère, laisse-moi mourir,
Ta voix ne peut plus me guérir.

Tes yeux, d'un regard enchanteur,
Me font encor subir le charme,
Mais leur éclat brise mon cœur
Et j'y cherche en vain une larme!
Bergère, laisse-moi mourir
Tes yeux ne sauraient me guérir.

Sur ta bouche entr'ouverte, hélas!
J'ai cru souvent saisir ton âme,
Mais un autre a pu, dans tes bras,
S'enivrer de la même flamme.
Bergère, laisse-moi mourir,
Ton baiser ne peut me guérir.

Ta main qui réchauffait mon cœur,
Aujourd'hui le glace et l'oppresse,
Ta présence accroît ma douleur,
Ta pitié m'insulte et me blesse!
Bergère, laisse-moi mourir
La mort seule peut me guérir.

LE DÉPART.

Tu vas donc me quitter, loin de ce frais rivage,
Dans un monde brillant, tu vas porter ton cœur,
J'entends bien tes serments, je crois à ta douleur,
Mais si tu m'aimes tant, pourquoi donc ce voyage?
      Aux lieux témoins de nos amours,
      Pourquoi ne pas rester toujours?

Quel bonheur attends-tu des rives étrangères?
As-tu besoin de l'or de tes nouveaux parents?
Ta beauté qu'on envie est l'orgueil de nos champs,
Les villes, tant de fois, ont perdu les bergères!
      Aux lieux témoins de nos amours,
      Pourquoi ne pas rester toujours?

N'as-tu pas, avec moi, chéri la tourterelle
Qui rentre, chaque soir, dans nos sombres forêts,
Son cœur n'est point troublé par de vagues souhaits,
Son bonheur est de vivre et de mourir fidèle !
      Aux lieux témoins de nos amours,
      Pourquoi ne pas rester toujours?

C'en est fait, cependant, ton barbare courage
Te dérobe à mes pleurs, t'arrache à tous mes vœux !
Et tu ne mourras pas dans cet exil affreux !
Hélas! ce n'est pas moi qui fuirai mon village ;
      Aux lieux témoins de nos amours,
      On me retrouvera toujours !

Sur ce roc, tous les soirs, on me verra t'attendre,
Ma douleur troublera les filles du hameau,
Et le berger fidèle, au pied de cet ormeau,
Si tu tardes longtemps, te montrera ma cendre !
      Aux lieux témoins de nos amours,
      Tu me retrouveras toujours !

PLUS D'ESPOIR.

Tout là-haut, sur la montagne
J'irai me cacher ce soir....
Il a dit à ma compagne
Je voudrais ne plus la voir!
Tout là-haut sur la montagne
J'irai me cacher ce soir!

Tout là-haut sur la montagne,
Bientôt, hélas! je mourrai!
Il a dit à ma compagne :
Jamais je ne l'aimerai!
Tout là-haut, sur la montagne
Bientôt, hélas! je mourrai!

Tout là-haut, sur la montagne
Quand la cloche sonnera,
S'il te parle, ô ma compagne
N'entends pas ce qu'il dira,
Tout là-haut sur la montagne,
Quand la cloche sonnera!

TU M'AS AIMÉ.

Tu m'as aimé, j'ai le droit de le dire,
Plus d'un serment m'a garanti ta foi,
J'ai fait ta peine, ou causé ton délire
En m'éloignant, ou m'approchant de toi.
A me tromper, si ton cœur ne s'apprête,
Si d'inconstance il ne s'accuse pas,
Quand je reviens, pourquoi tourner la tête?
Et quand je pars, pourquoi tendre les bras?

Au seul penser de mes courses lointaines,
Tu frémissais et j'ai lu dans tes yeux
Qu'un jour d'absence est un siècle de peines,
Et tes baisers l'attestaient encor mieux.

A me tromper si ton cœur ne s'apprête,
Si d'inconstance il ne s'accuse pas,
Quand je reviens, pourquoi tourner la tête?
Et quand je pars, pourquoi tendre les bras?

De la coquette, habile en ses caprices,
Tu méprisais le manége imposteur,
Et tu disais, j'aime sans artifices,
L'amour fidèle est né de la candeur!
A me tromper si ton cœur ne s'apprête,
Si d'inconstance il ne s'accuse pas,
Quand je reviens, pourquoi tourner la tête?
Et quand je pars, pourquoi tendre les bras?

Est-ce dépit plutôt que perfidie!
Mais qu'ai-je fait? quels crimes sont les miens?
Ai-je cessé de te trouver jolie
Et de me plaire en tes doux entretiens?
A me tromper si ton cœur ne s'apprête,
Si d'inconstance il ne s'accuse pas,
Comme autrefois, sans détourner la tête,
Quand je reviens, reçois-moi dans tes bras.

ELLE N'EST PLUS.

Douleur extrême!
Vœux superflus!
Celle que j'aime
Lise n'est plus!
Éloigné d'elle,
N'ai pu cueillir
D'âme si belle,
Dernier soupir.

Destin suprême
Quelle est ta loi!
Celle que j'aime
Meurt avant moi!

Pourtant me semble
Qu'amants devraient
Mourir ensemble
Comme ils vivaient.

Vivre pour elle
Était heureux !
Vivre sans elle
Est trop affreux !
Triste et fidèle
Que devenir !
Hélas ! comme elle
Voudrais mourir !

Si la constance
Fléchit le sort,
Si ta puissance
Brave la mort,
Je t'en supplie,
Dieu des amours,
Rends-lui la vie
Ou prends mes jours !

QUAND REVIENDRONT LES BEAUX JOURS.

Rondeau

Quand reviennent les beaux jours,
On vole au-devant des amours.
Quand reviennent les beaux jours,
L'amour ne revient pas toujours.

Lise m'aima dans la saison brûlante,
L'hiver, trop tôt, vint glacer nos torrents,
Et tant de feux dont je la vis ardente
Furent éteints par le souffle des vents....
Je laissai fondre et la neige et la glace,
J'attendis l'aube où renaissent les fleurs,

Et comme au temps de nos vives ardeurs,
J'appelai Lise et courus sur sa trace!

    Quand reviennent les beaux jours
    On vole au-devant des amours,
      Quand reviennent les beaux jours
    L'amour ne revient pas toujours.

Lise jouait au fond de la vallée
Sur le gazon, courant d'un pied léger,
A mon approche, elle fut peu troublée
Et s'appuya sur le bras d'un berger.
« Quoi? te voilà, cher Alain, me dit-elle,
« Un rude hiver entre nous a passé,
« Boutons et fleurs, l'hiver a tout glacé,
« Mais le printemps dans les champs nous rappelle! »

    Quand reviennent les beaux jours
    On vole au-devant des amours,
      Quand reviennent les beaux jours
    L'amour ne revient pas toujours.

En me parlant, elle marchait sans cesse,
Et le berger sans cesse la suivait,
Et je compris, honteux de ma faiblesse,
Qu'il fallait fuir celle qui me fuyait!

« Adieu, perfide, adieu, j'osai le dire,

« Un autre hiver me vengera de toi,

« Tous les bergers n'aiment pas comme moi,

« Toutes les fleurs n'ont pas un long empire! »

    Quand reviennent les beaux jours,

    On vole au-devant des amours,

    Quand reviennent les beaux jours,

    L'amour ne revient pas toujours!

LE VOYAGE.

Tu l'as permis, chère Azélie,
Me voilà sur les grands chemins,
Je fuis la moitié de ma vie
Pour quelques succès incertains.
Mais tandis que le sort contraire
Loin de toi semble m'emporter,
Mon âme est restée en arrière,
Elle n'a pas pu te quitter.

Regarde bien, dans ta retraite,
Regarde au bord de ton foyer,
C'est là que, fidèle et muette,
Ma pensée aime à s'oublier;

Tu dois la voir, comme un nuage,
Allant et venant sous tes yeux.
Son poids doit presser ton corsage
Et ta bouche aspirer ses feux.

Mais pour moi, quelle différence !
Ici, tu ne passas jamais,
Personne n'a la conscience
De ton cœur et de tes attraits....
Ces bois, cette route nouvelle,
Ces champs qui s'ouvrent devant moi,
Tout est muet quand je t'appelle
Et rien ne me répond pour toi.

L'écho, que ma plainte importune,
A redit mes tristes accents;
Mais que fait à mon infortune
L'écho de mes cris impuissants?
Il faudrait, pour calmer ma peine,
Que les vents chargés de ta foi,
Formassent entr'eux une chaîne
D'échos en échos jusqu'à moi !

JE NE VEUX PAS T'AIMER.

Rondeau.

Non, non, je ne veux pas t'aimer,
Et ne crois pas que je m'abuse;
Berger, mon âme se refuse
Au vain plaisir de te charmer.
Ta grâce, sans doute, est parfaite,
Tu chantes aussi bien que moi,
Mais une bergère coquette
Doit fuir un berger tel que toi.

Lise, l'autre jour, en pleurant,
Me disait, je l'ai cru fidèle....

Vois donc si je croyais comme elle,
Que mon sort serait déchirant!
Mais toi-même, au gré de mes charmes,
Crains de succomber sous ma loi.
Je pourrais bien causer tes larmes
Avant d'en répandre pour toi.

Souveraine de ce hameau,
Crois-tu que je me donne un maître?
Pour m'aimer comme je veux l'être,
Tu gardes trop bien ton troupeau.
Va, cherche une jeune bergère
Plus simple ou plus faible que moi;
Le berger qui saura me plaire,
Sera moins séduisant que toi!

L'AMANT FIDÈLE

Rondeau.

Que me voulez-vous
Belle au regard tendre,
Votre orgueil jaloux
Croit-il me surprendre?
Je sais me défendre
D'un regard si doux.

Vous êtes jolie
Et vos yeux sont bleus,
Mais je vous confie
Que l'azur des cieux

Se réfléchit mieux
Dans ceux d'Azélie.
Que me voulez-vous,
Belle au regard tendre,
Votre orgueil jaloux
Croit-il me surprendre?
Je sais me défendre
D'un regard si doux.

Oui, l'âme est ravie
Par vos doux accents!
Mais la mélodie
Qui charme mes sens,
C'est, dans tous les temps,
La voix d'Azélie!
Que me voulez-vous,
Belle à la voix tendre,
Votre orgueil jaloux
Croit-il me surprendre?
Je sais me défendre
D'un regard si doux.

La coquetterie
Dans le monde plaît,

Mais être jolie
Sans art, sans apprêt,
Voilà le secret
De mon Azélie!...
Que me voulez-vous,
Belle au regard tendre,
Votre orgueil jaloux
Croit-il me surprendre?
Je sais me défendre
D'un regard si doux.

QU'IMPORTE QUE TU SOIS JOLIE!

A t'aimer, je voulais, Isbelle,
Consacrer ma vie et mon cœur,
Je croyais ton âme fidèle....
J'espérais en toi le bonheur!
Hélas! quelle était ma folie!
Toi-même, tu viens m'en guérir.
Qu'importe que tu sois jolie,
Coquette, je dois te haïr.

Dans les cercles où l'on t'admire,
Partout où l'on subit ta loi,
Tes yeux ne semblent-ils pas dire,
Venez, regardez, aimez-moi!

Le nombre flatte ta manie,
Tout homme à tes pieds doit fléchir....
Qu'importe que tu sois jolie!
Coquette, je dois te haïr.

Tu sais que ta voix est charmante
Et l'aveugle entendra tes chants!...
Ta danse légère et brillante,
Du sourd captivera les sens!
Tour à tour le piége varie,
Suivant l'objet qu'il faut saisir....
Qu'importe que tu sois jolie!
Coquette, je dois te haïr.

Troublé par toi jusqu'au délire,
N'est-ce pas Edmond que je voi
Tandis que son rival expire
En pleurant ton manque de foi?
Ainsi, désespoir et folie
De tes amants, c'est l'avenir!
Qu'importe que tu sois jolie!
Coquette, je dois te haïr.

LE SERMENT.

J'avais juré d'être en tout inflexible,
Contre l'amour j'avais armé mon cœur,
Et l'amitié, toujours calme et paisible,
Me promettait un tranquille bonheur!...
J'osai bientôt me croire invulnérable,
Quand le hasard à mes yeux vint t'offrir!...
Un jour suffit, tu me trouvas aimable,
Et je t'aimai pour ne plus en guérir.

J'avais donc fait un serment téméraire,
Chère Azélie, oh! ne m'en punis pas....

Je le comprends, aujourd'hui, sur la terre,
Ne rien aimer, c'est y vivre en ingrats!
A tes genoux reçois donc le coupable,
Par un baiser scelle son repentir,
Et promets-lui de le trouver aimable
Aussi longtemps qu'il saura te chérir.

Ton doux regard, ta bouche si jolie.
Ta main qui tremble, et ton sein palpitant!...
Je perdais tout dans ma triste folie,
Je succombais sous un fatal serment!
Oh! loin de moi, ce serment déplorable
Qui, pour toujours, glaçait mon avenir,
C'est en t'aimant, et pour toi seule, aimable,
Que je fais vœu de vivre et de mourir!

RESTE AVEC MOI.

S'il était vrai que je te fusse chère ,
Si tu n'aimais que ton pays et moi,
Tu n'irais pas sur la terre étrangère,
Chercher des biens qui sont si près de toi....
Ne vois-tu pas combien je suis flétrie
Par ton départ, par cette dure loi,
Ou de mourir en quittant ma patrie ,
Ou de mourir en restant loin de toi !

Si la tempête a laissé des nuages ,
Si le torrent n'a pas réglé son cours ,

Crois-tu trouver des cieux exempts d'orages?
Crois-tu trouver de meilleures amours?
La liberté, si longtemps appelée,
Au sol natal se fixe désormais,
Et des excès dont elle fut troublée
Va ressortir plus pure que jamais.

Reste donc là, puisque là c'est la France,
Puisque mon sort au tien est arrêté,
Reste avec moi, reste sous l'influence
De notre amour et de la liberté!
Et quand viendra l'heure triste et dernière
Où nous devrons nous quitter sans retour,
La France au moins nous fournira la terre
Qui doit couvrir notre dernier séjour.

TABLE DES MÉLANGES.

TABLE DES ROMANCES.

N. B. Les romances marquées d'un astérisque ont été mises en musique par l'auteur.

Ch. Lahure, imprimeur du Sénat et de la Cour de Cassation
(ancienne maison Crapelet), rue de Vaugirard, 9.